D1562826

El aprendiz de mago

Ulf Nilsson

Traducción de
Leopoldo Rodríguez Regueira

Primera edición: septiembre 1998
Decimoséptima edición: junio 2008

Dirección editorial: Elsa Aguiar
Ilustraciones: Margarita Menéndez
Traducción del sueco: Leopoldo Rodríguez Regueira

Título original: *Se upp för spader knet*

Impresores, 2
Urbanización Prado del Espino
28660 Boadilla del Monte (Madrid)
www.grupo-sm.com

CENTRO DE ATENCIÓN AL CLIENTE
Tel.: 902 12 13 23
Fax: 902 24 12 22
e-mail: clientes@grupo-sm.com

ISBN: 978-84-348-6184-8
Depósito legal: M-25793-2008
Impreso en España / *Printed in Spain*
Orymu, SA - Ruiz de Alda, 1 - Pinto (Madrid)

«Primera regla de magia:
buscar siempre la "J" de picas.»

AUGUST J. MEDARDUS

1 *Muere un mago y piensa en voz alta...*

LA primera vez que supe del mago fue cuando leí en el periódico que había muerto. En la esquela ponía:

D.E.P.

AUGUST J. MEDARDUS

Mago famoso

*

Lo lloran sus dos conejos blancos
y varias palomas.

Aunque no lo conocía personalmente, sabía que vivía en una vieja casa del barrio.

Llevaba instalado allí más de un año, pero ningún vecino lo había visto nunca. El mago vivía totalmente retirado.

Al leer la esquela me pareció que era una pena que hubiera muerto un auténtico mago, y también lo sentí mucho por los conejos y las palomas.

Pude ver a los animales claramente ante mí. Las palomas posadas en la chistera, derramando pequeñas lágrimas de paloma, y los conejos, tristes, se lamían sus blancas patas ante el ataúd.

De pronto se me ocurrió algo: ¿Quién pondría a las palomas agua fresca y maíz? ¿Quién daría hierba a los conejos y los acariciaría?

Tan cierto como que me llamo Max que no podía dejar que aquellos pobres animalitos sufrieran. Me encantan los animales. Mi padre es propietario de una tienda de animales y dice que yo tengo muy buena mano con ellos, que puedo cuidar de cualquier animal.

Sé que eso es cierto, y fue lo que decidí hacer.

El mago había vivido en una casa destartalada con un jardín descuidado. La maleza rodeaba la vieja casa y los árboles parecían caer sobre ella. Me metí por entre unos tilos. Los gorriones trinaban en los árboles y entre las hierbas destacaban esas flores amarillas que se llaman dientes de león.

«Aquí los conejos tendrían comida suficiente», pensé.

Arranqué un puñado de dientes de león y de hierba.

En la puerta de la casa había un cartel con un retrato del mago. Llevaba un frac negro y una larga capa roja. Su bigote era pequeño y fino, y sus ojos parecían ascuas. Hacía un gesto propio de espectáculo de magia y sostenía en la mano su chistera negra. A su alrededor revoloteaban unas palomas blancas.

August J. Medardus

AUGUST J. MEDARDUS

El mundialmente famoso mago
estará pronto en escena.
¡El maestro de magos!
¡El increíble artista!
¡Animales y misterio!
¡Vean por primera vez en el mundo
la cuerda india!

Contemplé el cartel más de cerca. El texto no estaba impreso. Lo había escrito, pura y simplemente, con un lápiz.

En el cartel el mago daba la sensación de ser alguien impresionante y peligroso: el maestro de magos.

Giré con cautela el pomo de la puerta. Estaba abierta.

Respiré profundamente y noté que me sudaban las manos. ¡Estaba loco! ¿Cómo me atrevía a entrar así, sin más ni más, en la casa de un mago? Pero entonces pensé en los pobres conejos y en las palomas y me decidí.

Entré.

No era una casa normal y corriente. Allí solamente había utensilios de magia. En mitad del suelo encontré una caja grande, una de esas en las que se mete a una señora y se la sierra después. Había además esqueletos de cartón, cuerdas y mesas pequeñas con tapetes de terciopelo negro que llegaban hasta el suelo. También pude ver barajas de cartas por todas partes y pequeñas bolas rojas que los magos hacen desaparecer y aparecer.

En la pared colgaba un extraño reloj con manillas que marcaban números muy raros: una apuntaba al veintiséis y la otra al número setenta y cuatro. Pero lo más extraño era que el segundero se movía hacia atrás. Cuando lo miré fijamente, empezó a moverse más rápido. Tal era su velocidad que parecía trazar un círculo rojo y amarillo, al tiempo que se escuchaba un sonido metálico. Comencé a sentirme mareado. Muy cansado, realmente mareado.

¿Dónde me encontraba?

¿Qué me estaba sucediendo?

Al lado del reloj había un espejo y me miré en él. Los ojos eran grandes y redondos, casi como dianas para lanzar dardos.

Me sentía tan extraño... Ya no era yo mismo.

Tuve que sentarme en una silla. Sobre la mesa había una taza y una tetera humeante.

«¿Cómo puede estar muerto un mago», pensé, «y al mismo tiempo tener su té caliente sobre la mesa?»

De pronto oí el arrullo de las palomas en la habitación de al lado y fui a ver a los animales. En el suelo saltaban dos conejos.

—Aquí os traigo algo de hierba —les dije.

Los conejos se acercaron hasta mí y comieron de mi mano. Les acaricié el lomo.

Entonces oí una voz ronca a mis espaldas.

—¡Conejos, transformaos en leones!

Y de pronto crecieron bajo mis manos. En un segundo me encontré entre dos enormes leones. Abrieron sus fauces y rugieron con tal fuerza que me temblaron las orejas.

Pero a mí no me asustan los leones. Si un león sabe que uno no es peligroso, él tampoco lo es.

Yo no debo temerlos, ya que tengo muy buena mano con los animales, aunque ahora las manos me sudaban un poco.

Además, tengo un truco para cuando de pronto me encuentro como un bocado entre dos leones. Simplemente, pongo la mano entre los ojos del león y le digo con voz suave:

—Tranquilo, así, buen chico, tranquilo.

A lo mejor suena infantil, pero funciona. Ahora puse una mano entre los ojos de un león, y la otra, entre los del otro.

—Tranquilos, así, buenos chicos —les dije con mi voz más suave y tranquilizadora.

Y los leones se calmaron inmediatamente con mi contacto. Un león no es más que un

gato grande, y también se le puede hacer ronronear.

—Es una pena, porque solamente os he traído hierba. No me he acordado de traer comida para leones.

Entonces volví a oír que alguien murmuraba y hablaba consigo mismo justo a mi lado.

—¡Hummm...!, el chico es perfecto —decía la voz—. Tiene un espíritu amable y es modoso como pocos. Me servirá como ayudante.

¿Quién podría ser? ¡El mago había muerto!

Los leones se hicieron pequeños como conejos y estaban en el suelo intentando comer la hierba que les había llevado.

—Mi nombre es August J. Medardus —dijo la voz—. Y tú vas a ser... a ser... mi ayudante.

Estaba delante del mismísimo mago. Era alto y delgado, muy delgado. Tanto que podía meterse por la estrecha abertura de la

puerta entornada. Pero no era tan elegante como en el cartel. Sí, llevaba frac y capa, pero sus ropas estaban arrugadas. El bigote era largo y ralo y colgaba como unas plumas recién mojadas. No estaba sosegado y seguro de sí mismo como suelen estar los magos. Había en él algo de salvaje. Yo estaba tan sorprendido que no pude decir ni una palabra.

Entonces el mago volvió a pensar en voz alta, así que pude oírle decir:

—Humm, el chico duda. ¿Por qué no querrá ser mi ayudante? Voy a cerrar la puerta a ver si eso lo asusta.

Cruzó la habitación, cerró la puerta e hizo girar la llave.

Yo lo observé.

—Humm —se dijo—. El chico no parece asustarse. Trataré de convencerlo de que sea mi discípulo. Podría enseñarle mi arte y así me ayudaría a solucionar mi problema.

Pensaba todo el tiempo en voz alta, y no parecía darse cuenta.

—Yo no quiero ser ningún ayudante —le contesté—, pero me gustaría aprender magia.

—¡Estupendo! —exclamó el mago—. Tú, joven, serás desde ahora mi discípulo. Nos tutearemos. ¡Ta-tarará! ¡Bienvenido a la compañía de August J. Medardus!

—Yo me llamo Max y tengo ocho años —dije—. Soy muy bueno cuidando animales.

—Ya lo he notado. ¡Humm..., humm! —dijo él.

Tenía una forma muy curiosa de hablar. Entre las palabras mezclaba continuamente otros sonidos, como «humm», «ta-tarará» y «ejem».

Y de pronto la habitación se llenó de pequeños estallidos y fuegos artificiales. Era la forma que el mago tenía de darme la bienvenida.

Ése fue el día en que conocí al mago y me convertí en su discípulo.

2 *Lección número uno: la «J» de picas puede lanzar una tarta de crema...*

—HUMM —pensó el mago en voz alta—. Sería una pena que asustara al chico demasiado. Pero conviene que piense que August J. Medardus es peligroso. No necesita saber que en mi interior soy una buena persona.

El mago me miró.

—Jovencito —dijo con aspereza—, has de saber que soy peligroso, muy peligroso.

—Sí, ya me lo imagino —respondí yo, intentando que me temblara la voz.

Cuando se trata de leones y magos, es mejor hacer lo que ellos quieren.

—No tenemos tiempo que perder —prosiguió el mago—. Ya vamos retrasados con la lección número uno.

—¿La lección número uno? —le pregunté—. En ese caso quisiera aprender a transformar conejos en leones.

Miré al suelo, donde los dos pequeños leones se movían intentando morder la hierba sin poderla comer.

—¡Bah! —dijo el mago en tono despectivo—. Eso no es magia auténtica. Ese truco ya te lo enseñaré en su momento. ¡Uf! ¡Bah! No tiene ningún misterio hacer hablar a las piedras.

Claro que eso lo dice el que ya sabe hacerlo.

—Ejem —prosiguió—. Puedo hacer que el agua arda, puedo hacer desaparecer a una señora grande y gorda en mi bolsillo, puedo transformar bueyes en sapos, y una gorra, en un tigre.

—¡Sí, sí! ¡Enséñame a hacer eso! —exclamé.

—No, por el momento eso sería demasiado. ¡Humm..., hum! Si quieres aprender magia, debes empezar por las cartas. Lo de convertir conejos en leones está en la lección número cuatro. Lo otro depende del reloj. Es un precio especial, pero no se puede dejar un poco de hipnosis de propina. Lo verás a las veintinueve y noventa.

—¿El reloj? —pregunté—. ¿Qué pasa con el reloj?

—¡Calla y escucha! —dijo malhumorado—. Ejem, ejem, soy muy peligroso y tenemos prisa, pues hemos de llegar a la lección número cinco.

No pude dejar de sonreír. Su forma de hablar me resultaba realmente divertida. ¿Quién se puede asustar con alguien que es «ejem, ejem, muy peligroso»?

Tomó unas cartas que barajó y cortó. Las lanzó por el aire de una mano a otra como si fuera un acordeón. Todo muy deprisa.

—En la verdadera magia no hay ningún

truco, solamente habilidad y maña. Aquí tienes papel y lápiz. Escribe: La primera regla de magia es la habilidad. Oye, escribes muy lento.

—Es que no sé escribir más rápido, ni tampoco sé hacer cuentas. Al menos eso es lo que dice mi profesor.

—Humm —pensó el mago en voz alta—. No sabe escribir ni hacer cuentas. Hum..., me pregunto si no habré elegido a un zoquete como discípulo.

Lanzaba la baraja de cartas de una mano a otra.

—Sí, ya lo sé, te estás preguntando si soy un zoquete de discípulo; pero te equivocas, yo no soy ningún zoquete.

—Yo, yo no pensaba nada semejante —dijo el mago—. ¿Cómo puedes creer una cosa así de mí?

—Pues percibo algunas ondas así en el aire —añadí—. De todas formas, te aseguro que no soy un zoquete.

Soltó las cartas en cascada y las recogió con la misma mano antes de que llegaran al suelo.

—Vale, pero ahora tenemos que seguir con la lección número uno. Tienes que aprender a barajar en falso, peinar los naipes, barajar con una sola mano y barajar en abanico. Y recordar cómo estaban las cartas antes de empezar. Así es como un mago puede acertar una carta. Has de tener buena memoria.

—Barajar en falso, peinar los naipes, barajar con una mano y barajar en abanico —fui repitiendo y contando con los dedos.

—Muy bien, muy bien —dijo el mago—. Veo que tienes buena memoria.

A continuación me enseñó a barajar en falso. Tomé las cartas en mis manos y él me ayudó a mover los dedos. La cosa no progresaba, pues mis dedos parecían rígidos como salchichas y las cartas se me caían al suelo continuamente.

—Tienes que practicar —me dijo el

mago—. La única forma de adquirir habilidad con los dedos es practicando.

Mientras practicaba, le pregunté:

—¿Por qué estaba tu esquela en el periódico?

—Ejem, ejem, la puse yo, así de sencillo.

—Sencillo, muy sencillo —dije, mientras se me caían las cartas—. La gente no suele andar por ahí poniendo su propia esquela.

—¡Bah!, es que los magos somos así. Tengo un colega que siempre pone un anuncio en el periódico de la ciudad a la que llega para trabajar. En el anuncio dice: «Se compran doscientos gatos blancos», y a continuación escribe su nombre.

—¿Y qué hace con los gatos? —pregunté.

—Nada. No compra ningún gato, pero eso le extraña a la gente y va a ver su espectáculo.

De pronto el mago se irritó.

—Bueno, vamos a dejarnos de gatos. Estoy cansado de números sencillos. Necesito un

Se compran
doscientos gatos blancos.

ayudante agradable y complaciente para poder hacer bien un juego realmente importante. Tiene que ser alguien de buen corazón, a quien le gusten los animales, como los conejos y las palomas, y que no tema a los ¡¡grr!! leones.

—¿Para qué necesitas mi ayuda?

No contestó, y entonces lo oí pensar en voz alta.

—Humm. Será mejor que espere a decírselo. El chico no comprende que un mago puede llegar a cansarse de juegos sencillos. No puede comprender que un mago quiera hacer grandes cosas que maravillen a todos. Primero tengo que enseñarle algo de magia. No queda más remedio que esperar.

—Ya comprendo —añadí—. Todavía no me lo quieres decir. Seguramente quieres que antes aprenda los principios de magia.

El mago se quedó perplejo.

—¡Caramba! He conseguido un lector del pensamiento, un telépata. ¡Bravo! ¡Bravo! Eso de la telepatía tenemos que repasarlo, pero lo dejaremos también para la lección número cuatro. Ahora tienes que practicar, practicar y practicar.

Pero lo de barajar no iba del todo bien. Los dedos tropezaban unos con otros y las cartas se caían por todas partes. No, no iba bien en absoluto.

—Me es imposible —dije abandonando.

Me quitó la baraja de las manos y la manipuló a su aire. Las cartas volaron y entre sus manos describieron un círculo en el aire.

—Tienes que creer en ti mismo, jovencito. Es la primera regla de magia. Estás ante el público y haces magia. Eres como un dios, puedes engañarlos como quieras. Mira esto.

Extendió las cartas sobre una de las mesitas.

—Si crees en ti mismo, podrás hacerlo todo. Busca la «J» de picas.

La busqué. Estaba en medio de la hilera.

—La «J» de picas es muy lista —dijo el

mago—. Puede hacer cualquier cosa. Búscala siempre. Ahora va a saltar fuera de la baraja y ¡plaf!, te lanzará una tarta de crema a la cara. ¿No lo crees?

—No —dije echándome a reír.

Un segundo más tarde tenía la cara cubierta de tarta de crema. La crema me pringaba el pelo y tuve que limpiarme bien la cara.

—Primera regla de magia: busca siempre la «J» de picas.

Me relamí los labios. La tarta tenía plátano picado y nueces.

—¡Ja, ja! —rió el mago—. ¿Te das cuenta ahora de lo que puede hacer la «J» de picas?

Asentí.

—Pues confía en ti mismo y no te rindas.

Fui quitando tarta de la cara para comérmela. Estaba buena, pero sabía a algo raro...

3 *Lección número dos: desaparece una bola y vuelve a aparecer*

—BUENO, tienes que seguir practicando —dijo el mago—. Todos los trucos con cartas son sencillos. Buscas dónde está la «J» de picas, barajas en falso y ¡prrrr! Y como tienes buena memoria, recuerdas dónde está la «J» de picas.

Me alegré de dejar esa lata de la baraja.

El mago recogió unas bolas del suelo y las puso ante mí sobre la mesa.

—Ahí tienes —dijo—. Lección número dos: se hace desaparecer una bola para que vuelva a aparecer. Has de saber que todas las personas tienen un agujero en la mano, aunque la mayoría lo ignora.

Tomó una bola roja con dos dedos, que eran largos y delgados como pinzas, y la puso en mi mano. La bola era blanda, de *gomaespuma*, y podía apretarse hasta convertirse en algo minúsculo.

—Ahora verás que tienes un agujero —dijo, apretando la bola entre mis dedos pulgar e índice.

Cuando puse la mano de forma que todos los dedos quedaran extendidos, la bola «desapareció». Era como si de verdad tuviera un agujero en la mano.

—Ahora sopla en la mano y haz un pequeño movimiento mágico. ¡Piuf! Suelta la bola.

Hice lo que me decía. La bola recuperó su tamaño en mi mano. ¡Magia!

—¿Has visto? Así se hacen todos los viejos juegos de manos. Una bola se convierte en tres, desaparece y aparece de nuevo detrás de la oreja de un niño o desaparece en un pañuelo y aparece en una naranja.

—¿Y nadie lo descubre nunca? —le pregunté.

—Nunca, porque se hace muy rápido. Así, ¡piuf! Además, utilizas la primera regla de magia: engañar al público para que mire hacia otro lado.

—Pero tú dijiste que la primera regla de magia era...

—¡Silencio! —dijo irritado—. Yo soy un viejo mago y sé lo que digo. El público ha de mirar a otro lado. O te miran a los ojos o te miran a una mano mientras tú haces algo con la otra.

—¿Y si no quieren? —dije yo—. ¿Y si se empeñan en mirar todo el tiempo para la mano en donde está la bola?

—Entonces hay que utilizar una treta. Yo suelo decir: «No pierdan de vista esa botella de la mesa», je, je. Así no hay nadie que mire a mi mano. Bueno, tendría que ser alguien con tres ojos.

—¿Y eso funciona? —pregunté.

—Sí, pero también hay otra forma de distraerlos —continuó el mago—. Empezar a contar algo que no tenga nada que ver con lo que estás haciendo para que se distraigan. Decir, por ejemplo: «Antes tenía conejos, pero en una ocasión uno de ellos tosió y le di un poco de whisky, y entonces se pusieron a toser los demás conejos, ¡cof, cof!, para que también les diera whisky a ellos. Así que decidí dejar lo de los conejos». Después de decir eso, el público ya se ha olvidado de lo que estaba haciendo. Solamente piensan en los conejos. ¡Ta-chán!, quedan todos engañados.

—¿Y qué pasó con los conejos? —pregunté yo.

—Es simplemente una treta, ¿no lo entiendes? —dijo el mago—. Sólo es para engañar al público. Sabiendo dónde está el agujero, uno puede ocultar cualquier cosa. Hay montones de agujeros. En las manos, en la barbilla, detrás de las orejas, bajo los brazos. Se puede esconder una moneda, un frasco, una gran vela encendida o una paloma. Mis palomas pueden ser tan pequeñas que las puedo ocultar en la mano. Es sólo cuestión de comprimirlas de forma adecuada.

—¿Aplastas las palomas? —pregunté sorprendido.

¡Las palomas! Me había olvidado por completo de ellas.

Fui a la jaula donde estaban arrullando. Las saqué para darles agua y comida. Les puse maíz, unos terrones de azúcar y agua en un cuenco.

En el frigorífico encontré una albóndiga para los pequeños leones, que estaban hambrientos.

—¡No puedes olvidar a los animales! —le reproché enfadado—. ¡No les habías puesto nada de comer!

—Max —dijo el mago pensativo—. Has de comprender que yo tengo problemas mucho más importantes que ése. En cierto modo empiezo a sentirme invisible.

Se dejó caer apesadumbrado en el sillón. Su mirada era distante.

—Humm... —el mago siguió pensando en voz alta—. Me gustaría echarme a llorar, pero será mejor que no lo haga, porque entonces asustaría a Max.

Me senté en el brazo del sillón para intentar consolar al desolado mago. Pensaba decirle que no era invisible, cuando de pronto me di cuenta de que su perfil se veía borroso, casi transparente, y la gente normal no es así.

—Bueno, bueno, serénate —le dije con voz suave y dándole unas palmaditas en la espalda—. Cuéntamelo todo. Cuéntame cómo empezó todo.

Suspiró, carraspeó y comenzó.

—Empezó, ¡snif, snif!, hace un año, cuando dejé el circo. Desde entonces me voy sintiendo cada vez más invisible. Echo tanto de menos el circo, ¡snif, snif!, y a su director, Lothar Meggen...

¡Snif, snif!

—¡Lothar Meggen! —exclamé—. Sí, yo lo conozco. En una ocasión cuidé de su tigre Buler.

Ahora el mago rompió a llorar en serio.

—¡Oh!, el viejo y querido Buler. Resultaba tan divertido dejarse devorar por él, ¡ay! Qué buenos ratos hemos pasado juntos, Buler y yo.

—También conozco a la elefanta Mercedes y a su cría.

—Me-er-ce-des —lloró el mago.

Más tarde, cuando se calmó, dijo:

—He hecho magia muchos años. He hecho desaparecer, aparecer y transformar cosas. Monedas y bolas, naranjas y la «J» de picas. Pero de pronto me di cuenta de que eso no valía para nada. La gente no quiere ver a un mago normal. Quiere ver al mago más grande del mundo. Al maestro de magos. Y eso es lo que pretendo ser.

Interrumpió su charla y se puso a pensar en voz alta:

—No, August J. Medardus, no. Humm..., eso no lo hagas. No puedes decirle al chico lo del juego de la cuerda india. Sólo conseguirás que se asuste y salga corriendo si cree que...

—¿Qué es la cuerda india? —le pregunté.

Se levantó del sillón.

—¿Qué estás diciendo? Yo nunca he oído hablar de ninguna cuerda india —dijo el mago—. Bueno, es igual. No perdamos más tiempo. Es hora de pasar a la lección número tres, que trata de la primera regla de magia.

—Pero... —empecé a decir.

—¡Silencio! —dijo con aspereza—. Lección número tres. Pon atención.

4 Lección número tres: serrar a un niño y unirlo después...

EL mago tenía un montón de cajas misteriosas. Tenía cajas en las que podía serrar a una señora. Cajas en las que se podía estirar a un niño y hacerlo largo como una jirafa. Cajas grandes para encerrar a un elefante y luego darle una vuelta y ¡zas!, hacerlo desaparecer.

—Max, si quieres ser mago, tienes que conocer estas cajas misteriosas.

Tuve que meterme en la caja para serrar. Era una caja negra y larga decorada con estrellas y adornos dorados. Tenía un agujero para la cabeza. Me metí en ella y el mago me sacó los pies por dos agujeros que estaban en la parte de abajo.

Cogió una sierra grande. Era ancha, brillante y de dientes agudos y afilados.

—Antes de empezar, hay que hacer sonar la sierra, ¡clang!, y mostrar lo afilada que está.

Empezó a serrar por la mitad de la caja en la que me encontraba.

—Serrar a una persona es un trabajo pesado —añadió.

Sudaba al serrar. La sierra se aproximaba más y más a mi cuerpo.

Yo temblaba. Cuando los dientes de la sierra estaban ya a la altura de mi barriga, casi le grito que parara. Pero se me encogió la barriga y no me salió ni un suspiro.

¿Estaría loco?

En un par de segundos más, la sierra estaba ya en mitad de mi cuerpo. Yo miraba alucinado. Era muy extraño, pero no sentía nada. ¿Era así lo de ser serrado por la mitad?

El mago respiraba fuerte debido al esfuerzo.

—¡Buf!, esto de serrar personas es pesado —resopló—. Y eso que tú eres pequeño. Muchas veces, ¡uff!, tengo que serrar a gordos, imagínate. Ahora voy a separarte en dos...

Y separó la mitad de mi cuerpo, la de abajo, y la llevó al otro extremo de la habitación.

—¿Has comprendido el truco? —preguntó.

No contesté.

—Sal de la caja y ven a ver esto.

—No puedo —dije en un lamento—. Estoy serrado.

—¡Ja, ja! —rió—. Qué bromista eres. ¿No te das cuenta de que estás encogido en la parte de arriba de la caja, como te dije?

—No me has dicho nada de eso —murmuré.

—Bueno, entonces es que me he olvidado —dijo el mago—. Vaya, vaya, qué fastidio.

Ya lo creo que era un fastidio. Era una

sensación de lo más rara y desagradable ver mis pies allá, al otro lado de la habitación. Desagradable y horrible. ¿Qué les diría ahora a mis padres?

—¡Ja, ja!, una buena broma —dijo el mago—. ¿Te das cuenta ahora de lo que significa ir perdiendo el perfil? Viene a ser algo por el estilo. Uno se siente raro.

—Ya, sí, lo comprendo —dije con voz temblorosa—. ¿No podrías juntarme otra vez?

—¡El circo! —exclamó el mago sin atenderme—. ¡Qué tiempos! ¡Qué momentos más estupendos pasé en el circo! ¡Ay, ay! Empecé en él hace cuarenta años. En aquel tiempo me llamaba August Johansson. Pero Johansson no es nombre para un mago, así que decidí llamarme Medardus, un buen nombre. ¿Te preguntas por qué?

—Sí, desde luego, pero ¿y las piernas? ¿No puedes juntarme de nuevo?

—Medardus era el nombre de un mago

que leí en un libro. No recuerdo bien lo que hacía, pero era un auténtico mago. Las cosas desaparecían de verdad. Transformaba las piedras en oro y era oro de verdad. Era tan grande que dominaba hasta a la muerte. Podía vivir eternamente. Seguro que te estarás preguntando qué ha sido de Medardus.

—Sí, pero... ¿y mi otra mitad?

—No sé bien lo que ha sido de él —dijo el mago—. No leí aquel libro. Tampoco a mí se me da muy bien eso de leer, pero soy un buen mago. Hice magia durante cuarenta años en el circo de Meggen. Sacaba monedas de las orejas de los niños, convertía una bola en tres, y la «J» de picas saltaba de la baraja y hacía travesuras. Los niños eran felices viendo mis juegos de magia. Te preguntarás por qué lo dejé todo.

—¡Sí, pero devuélveme mis piernas! —gritó.

—Hoy en día todo tiene que ser tan grande... Ya no basta con sacar una moneda de una oreja. Eso es algo, ¡¡buaaá!!, tan pequeño... Ahora hay que sacar un tigre, ¡¡grr!!, de una taza de té y hacer desaparecer un elefante, y si está con su cría, mejor. Todo tiene que ser tan grande... Y yo, pobre mago, me veo obligado a probar con cosas realmente GRANDES. No me quedaba más remedio que dejar el circo y ensayar, ensayar y ensayar.

Ahora grité con todas mis fuerzas.

—¡¡Socorro!!

—Ah, perdona —dijo el mago—. Me olvidé de ti por completo. Espera un momento que busco unos clavos y te junto de nuevo, si me acuerdo cómo se hace...

Silbando, empujó la caja que contenía mis piernas. Después de varios intentos, la puso con los pies hacia mi barriga. ¿Tendría que andar con los pies en medio del cuerpo y arrastrar la cintura por el suelo?

—¡Para! —grité—. ¡Es del otro lado! ¡Los pies tienen que estar hacia el otro lado!

Con un movimiento elegante hizo girar la caja.

—Son tantas las cosas que tengo en la cabeza —dijo—. ¡Buf!, todo es tan difícil...

Por fin colocó bien las piernas. Era un alivio. Resultaba realmente estupendo volver a tener las piernas donde debían estar. Ahora sólo le quedaba unir las dos mitades.

¡Oh, no! Cogió dos clavos negros enormes y un gran martillo.

—Pe... pero —tartamudeé.

—¿Te parecen muy grandes los clavos? —preguntó—. Te voy a poner uno en cada pierna, para sujetarlas bien. No quiero que se te pueda caer una pierna por ahí.

Sin más, empezó a clavar los clavos en la caja, a la altura de mis piernas. Golpeaba y golpeaba con el gran martillo.

—¿Sabes una cosa? —dijo, parándose a respirar—. Un mago tiene que hacer magia para

no perder práctica. Un mago ha de tener a su público. No me siento demasiado bien desde que dejé el circo.

Siguió martillando un rato y dejó el martillo.

—Ahora ya está.

Abrió la caja y salí. Salté al suelo con cuidado. Las piernas aguantaron y no noté los clavos. Di un par de pasos y salté dando un giro. Sí, afortunadamente las piernas funcionaban como siempre.

Pensé en algo que el mago había dicho: «Un mago necesita a su público, si no, pierde su arte». Pensé que un mago tenía que ser visto para sentirse visible. Pensé que un mago que no mostraba su magia era totalmente invisible, y que por eso él sentía que su perfil se desvanecía.

—¿Qué te pareció mi truco? ¿Era bueno, muy bueno, genial, extraordinario...?

—Sí, genial —le dije—. Aunque incómodo.

—¿Sabes cómo se hace? —preguntó el mago—. Nunca llegarás a descubrirlo.

Antes de que me diera tiempo a decir nada, se puso a pensar en voz alta.

—El truco consiste en un espejo y un par de clavos de goma —dijo—. Je, je, pero Max no lo descubrirá nunca.

—Creo que ya lo sé —dije yo—. ¿A que son unos pies en una caja y unos clavos de goma?

El mago se me quedó mirando lleno de asombro.

—¡Fantástico! —exclamó—. Pero también hay que hacer algo de teatro porque así resulta más divertido.

—Divertido, muy divertido —dije yo enfurruñado.

—Atiende ahora, mi pequeño discípulo —prosiguió el mago—. Cuando se trata de cajas, hay que conseguir las mejores, con espejos muy pulidos. Se pueden comprar en la Supreme Magic Company, una tienda de Inglaterra. Allí compré también el reloj hipnótico. Estaba de oferta aquella semana.

—¿Cómo funciona el reloj hipnótico? —le pregunté.

No me respondió.

—Primera regla de magia: compra siempre las mejores cajas, y lleva siempre los bolsillos llenos de los mejores petardos y luces artificiales.

Una vez dicho eso, la habitación se llenó de pequeños estallidos y brillantes lucecitas de colores.

5 Lección número cuatro: la hipnosis y el arte de despertar de nuevo...

—¡PERO ahora tenemos prisa! —exclamó el mago—. La lección número cuatro trata de la hipnosis.

—Me prometiste que trataría de la lectura del pensamiento...

—La lectura del pensamiento es... ejem, demasiado difícil —dijo el mago dudando—. Pero te mostraré lo difícil que es.

Dijo que él pensaría en un número y yo tendría que acertarlo.

—Trata de atrapar en el aire la onda del pensamiento —dijo.

Y empezó a pensar en voz alta.

—Pensaré en el mil trescientos ocho. ¡Je, je!, Max no podrá acertarlo nunca.

Resultaba muy fácil leer los pensamientos en voz alta del mago, pero hice algo de teatro.

—Veo un uno —dije con voz misteriosa—. Veo un tres borroso... puedo ver un ocho al final...

No me era demasiado fácil recordarlo, pues, como ya he dicho, no soy muy bueno con las cuentas y los números.

La habitación estaba en silencio.

—Mil trescientos ocho —dije finalmente haciéndome el importante.

—¡Muy bien! —gritó el mago—. ¿Cómo conseguiste captar la onda del pensamiento?

—¿Captarla?... Bueno... —dije—. Me dio la impresión de que por toda la habitación resonaba el mil trescientos ocho.

—Eso era lo más difícil. Pero mejor, así ya no necesitamos seguir hablando de la lectura del pensamiento. Para los que no pueden percibir las ondas tan bien como tú, eso es muy complicado. Vamos a pasar directamente a la hipnosis. Si se quiere hacer juegos realmente difíciles, hay que utilizar la hipnosis —añadió el mago.

Se calló un rato y prosiguió.

—Primera regla de magia: utiliza la hipnosis si no puedes hacerlo de otra forma. Se puede hipnotizar de muchas formas. Yo suelo contar lentamente y en voz baja y grave frente a quien voy a hipnotizar. Se consigue mejor si al mismo tiempo se mueve la mano abierta por delante de los ojos de la persona.

Me mostró cómo hacerlo. Sus dedos se movían de un lado a otro y sus ojos brillaban.

—Pero de esta forma lleva mucho tiempo —añadió—. ¿Cómo hipnotizar a un montón de personas en poco tiempo en la pista de un circo? Para eso compré ese reloj en la Supreme Magic Company. Se puede controlar a la gente a distancia haciendo que lo miren, y funciona. Lo utilizo para hipnotizar rápidamente.

Si la gente miraba al extraño reloj, quedaba hipnotizada.

—¿Qué significa en realidad «hipnotizar»? —pregunté.

—Bueno... —dijo el mago—. El hipnotizado se cree todo lo que yo le digo. Si te digo que tienes un gato en el regazo, pues... como si tuvieras un gato.

Y de pronto vi un gato en mi regazo. Lo acaricié y su piel era muy suave. Se acurrucó contra mi barriga ronroneando.

—Y si ahora digo que desaparezca de inmediato —prosiguió el mago—, desaparece en un abrir y cerrar de ojos.

Se oyó un ligero zumbido en mi regazo y el gato desapareció. Pobre gato.

No, bueno, era simplemente producto de la hipnosis. El mago la había utilizado conmigo, aunque yo ni me había dado cuenta.

—Y eso, ¿qué tiene de divertido? —le pregunté.

rrrr...

—Para el público es muy divertido ver a alguien acariciando un gato que no existe. O cuando alguien del público se cree que es una gallina. O que alguien se relame de gusto, hummm, comiendo una tarta inexistente.

—¿Así que la tarta de crema no existía? Por eso sabía algo rara.

No respondió.

—O cuando digo que, ¡FUSS!, comience una riada y que tienes que nadar, tú no puedes evitar nadar.

En ese momento entró una ola enorme por la ventana y por la puerta. Se inundó el suelo, y si no hubiera sabido nadar, me habría ahogado. Nadé con todas mis fuerzas hasta el sofá y me encaramé al respaldo. Estaba empapado.

No, claro que no estaba mojado en absoluto, pero tiritaba de frío y mis ropas se pegaban al cuerpo. Era la hipnosis.

La visión de la tarta de crema había sido producto de la hipnosis, lo mismo que los conejos transformados en leones.

Entonces se me ocurrió una cosa.

—Para hipnotizar a la gente utilizas el reloj —dije—. ¿Y qué utilizas para despertarla?

El mago se quedó callado un buen rato y luego, como era habitual en él, se puso a pensar en voz alta.

—Humm..., creo que eso todavía no se lo voy a decir a Max. Primero le contaré el mejor truco de todos y luego le diré que solamente necesito chasquear los dedos para despertarlo. Sí, eso será más tarde.

Yo seguía encaramado al respaldo del sofá, rodeado del agua que inundaba la habitación. Tenía el pelo mojado y el agua me resbalaba por la cara. Y chasqueé disimuladamente los dedos.

Chasqueé mis propios dedos porque quería despertar de la hipnosis. Tan pronto como oí el sonido fue como si despertara de un sueño.

¡No había agua en la habitación!

No tenía el pelo mojado y mi ropa estaba seca.

Miré a mi alrededor.

Los conejos comían tranquilamente la hierba que les había llevado y no había ningún león enano.

Todo había sido algo que el mago me había hecho creer. Era a causa de la hipnosis, pero ya se había acabado.

—Un mago ha de hacer magia —dijo el mago—. Si no hace magia, es como si fuera invisible, y yo no puedo seguir haciendo magia sencilla, sólo para niños pequeños. Quiero ser un gran mago. ¡Ta-chán!, quiero ser un auténtico Medardus.

No quería descubrirle que ya había despertado de la hipnosis. No por el momento.

—¿Quieres hacer desaparecer el agua? —le dije—. Estoy empapado y tengo frío.

—Ah, perdona —dijo, e hizo un gesto con los dedos.

Parecía estar realmente apesadumbrado.

—Quiero ser un auténtico Medardus, ¡tachán!, un mago de fama mundial. Si puedo hacer el mayor número de magia que haya existido nunca, entonces me daré por satisfecho y estaré contento. Sería el espectáculo más grande del mundo.

—Sí, lo sé —repliqué—. Yo sé cuál es el número más grande del mundo.

—¿Lo sabes? —dijo el mago mirándome.

—La cuerda india —contesté.

Se levantó casi de un salto.

—Entonces ya no podemos esperar más. Lección número cinco: la cuerda india.

6 *Lección número cinco: la cuerda india...*

—LA cuerda india se ha utilizado solamente dos veces en la historia —dijo el mago—. Y las dos veces en la India, aunque nadie sabe si eso es realmente cierto.

Entonces calló.

—Es de esta manera —prosiguió al cabo de un rato—: mi colaborador y yo estamos en el circo. Mi colaborador oculto entre el público, ¡ta-chán! Digo que voy a hacer lo nunca visto. Tomo una cuerda en la mano y lanzo al aire uno de los extremos. Se queda derecha, suspendida en el aire. Sin estar sujeta por nada.

Entonces lanzó una cuerda al aire para mostrarme cómo se hacía, pero la cuerda cayó al suelo.

—Bueno —dijo—. Cuando haya aprendido la técnica, la cuerda se quedará suspendida. Luego tiraré de ella para probar si resiste, ¡tras, tras!, y claro que resiste. Entonces pido un voluntario, y es cuando te presentas tú. Bueno, quiero decir mi colaborador. Le digo que trepe por la cuerda.

Mientras hablaba, el mago gesticulaba apresuradamente. Emocionado.

—El colaborador trepa sin parar y yo le grito: «¡Para!, ¡para!», pero él sigue y de pronto se hace invisible. Ha desaparecido en el aire.

El mago se secó el sudor de la frente.

—No creas que eso es una tontería —dijo—. Tú atiende. Yo te seguiré por la cuerda furioso, ¡grrr, grrr!, con un gran cu-

chillo en la mano. Desaparezco en el aire, y allí arriba se oye un gran ruido de pelea, ¡bum, zas, catacrás! Y de pronto una de tus piernas cae a la pista.

—¡Mi pierna! —grité.

—Bueno, la del colaborador —apuntó el mago emocionado—. Al cabo de un momento cae la otra, luego el cuerpo, los brazos y finalmente la cabeza.

—Tú estás loco —le dije.

Pero el mago seguía emocionado.

—Bajo por la cuerda y te digo: «Te he ordenado que pararas». Y tú gritas: «¡Úneme de nuevo!, ¡úneme de nuevo». «Muy bien», respondo yo. Hago un par de gestos de magia, ¡salabum, salabam!, y tú vuelves a estar completo. La gente grita, aplaude: «¡Hurra, hurra!». «¡Es el mejor mago del mundo!», gritan.

El mago dejó de hablar.

—No puede ser divertido ver a un niño despedazado.

—Pero volverás a estar entero —dijo el

mago—. Ese número es el más difícil que existe, pero lo haremos tú y yo.

—¿Has pensado en hacerlo conmigo? —pregunté—. Pues olvídate, a mí no me apetece nada ser cortado en trocitos.

—Quiero ser un gran mago y necesito un niño que me ayude, ¿no lo comprendes? —insistió el mago rogando cabizbajo—. No puedo hacerlo solo.

—No, no pienso ser tu ayudante.

—Pero... seremos mundialmente famosos.

—Ni lo sueñes. A la gente no le parecerá divertido. Los niños llorarán y las mamás se pondrán a gritar como locas.

—Pero pensarán que soy muy bueno.

—No y no.

Su rostro se entristeció. El bigote le colgaba como si fueran fideos cocidos.

—Además, ¿cómo lo harías? —le pregunté.

—Todavía no lo sé. Hay que ensayar, ensayar y ensayar —dijo de mala gana—. La primera regla de magia es...

—No sigas —le interrumpí.

El mago se puso a suspirar y enormes lagrimones rodaron por sus mejillas. Malhumorado, le dio una patada al trozo de cuerda y arrojó lejos todas las bolas y barajas que había sobre la mesa y en sus bolsillos.

—Creí que tú me ayudarías. Así podría volver al circo como el mago más grande del mundo.

Dio media vuelta y se fue hasta la ventana. Fuera trinaban los pájaros, y un abejorro que se había colado en casa golpeaba una y otra vez contra el cristal intentando salir.

—El circo —pensó en voz alta—. Oh, si pudiera volver al circo. El público comiendo palomitas. La música sonando alegre y el director gritando: «¡Ahora, señoras y señores, el fabuloso August J. Medardus, el maestro de magos!». Y ¡purrum, purrum!, los tambores.

Yo no quería ser su ayudante, pero quizá pudiera ayudarlo de otra forma.

Recordé que había leído algo en el periódico de la mañana.

Cogí el periódico y leí:

EL CIRCO MEGGEN HA LLEGADO A LA CIUDAD ¡Maravillosos artistas! Diversión para toda la familia. Reserve sus entradas en el teléfono 12 345

Marqué el número y oí una voz que conocía bien.

—Le habla Meggen. ¿Cuántas entradas desea?

—Señor Meggen —dije—. ¿Se acuerda de mí? Soy Max.

—¡Max! —gritó el director del circo—. ¡Tú puedes reservar todas las entradas que quieras gratis!

—No se trata de eso —comencé a explicarle—. Tengo un amigo, un mago, que necesita alguien a quien hacerle magia porque, si no, se hará invisible. ¿Necesita un mago?

—Claro que necesito un mago —respondió el director—. Este increíble, maravilloso y sorprendente circo no tiene mago desde hace un año, y eso no es agradable.

—El mago al que me refiero se llama August J. Medardus. Es un mago estupendo.

Al otro lado del teléfono se hizo el silencio durante un momento.

—¿August? —dijo el director—. Pero si nos dejó para ser maestro de magos. ¿Estás seguro de que quiere volver?

—Venga aquí deprisa. Si hacemos las cosas bien, estoy seguro de que volverá.

Colgué el teléfono.

El mago seguía junto a la ventana, pensando en voz alta. Murmuraba triste y cabizbajo, con la vista perdida en el jardín.

—Y el mago más grande del mundo sale

a la pista. Hace sus trucos y a todo el mundo se le corta la respiración.

Lo interrumpí.

—¿No podrías hacer algo de magia para mí? —le dije.

—No puedo —dijo—. ¿Cómo podría sacar un tigre de una taza de té? ¿Cómo podría, ay, hacer la cuerda india yo solo?

—No hablo de esa clase de magia, ni de hipnotismo. Haz juegos normales, con bolas, la «J» de picas y cosas así.

—¡Bah! —exclamó el mago—. Eso no son más que simplezas para niños.

—Sí, de acuerdo, pero es que yo soy un niño.

Empezó a hacer cosas lentamente. Hizo aparecer una naranja en el aire, extrajo un pañuelo de mi oreja y sacó monedas de todo lugar posible e imposible.

Era realmente bueno. De pronto se paró.

—¿Para qué voy a hacer magia? —preguntó con amargura.

—Pues porque para el espectador es divertido —dije yo.

—¿Y por qué ha de divertirse la gente?

—Porque así se siente bien.

El mago se puso a pasear por la habitación pensando en voz alta.

—Porque se siente bien... Humm... A lo mejor el chico tiene razón. Porque la gente se siente bien.

Volvió a pararse ante la ventana.

—El circo —continuó ensoñando—. Suena la orquesta, ¡¡tan-tan-tarán-tarán-tan!! ¡Oh!, cuando los elefantes bailan haciendo temblar y resonar el suelo. ¡Oh!, cuando Buler ruge provocando que a los viejos se les caigan sus dentaduras.

En ese momento llamaron a la puerta. Cuando el mago fue a abrir, le advertí:

—Recuerda una cosa. Primera regla de magia: el público es lo que importa. Y a nosotros nos parece muy divertido.

El mago abrió y se quedó perplejo al ver que el director Meggen venía a visitarlo. Se abrazaron.

—Vámonos al circo —dije.

Antes de salir, el abejorro que había estado golpeando la ventana salió disparado por la puerta.

7 *La «J» de picas salta de nuevo y nace un mago...*

LA carpa del circo estaba en una gran explanada. Hacía algo de aire, que inflaba la enorme lona, azotada por los cabos de cuerdas sueltas. Las caravanas estaban formando un círculo alrededor de la carpa. Por todas partes había cuerdas de tender en las que se colgaban para secar uniformes rojos y grandes pantalones de payaso. Olía a comida. Un acróbata se entrenaba en una cuerda floja. En una máquina chisporroteaban palomitas de maíz. Un niño lloraba y un músico de la orquesta afinaba su violín.

—¡El circo! —exclamó el mago.

De pronto se oyeron un rugido y un barrito tremendos.

—¡Buler, Mercedes! —continuó el mago emocionado.

Buler, el tigre, nos saludó amistosamente como siempre. Se echó sobre nosotros y se puso a «devorar» de arriba abajo al mago, con chistera incluida, y luego siguió conmigo.

El secreto de Buler, como bien sabe todo el mundo, es que atrapa a la gente entre sus fauces, pero lo hace con tanta delicadeza y cuidado que ni siquiera despeina a la víctima. Aunque, eso sí, su boca huele fatal y uno se queda empapado por sus babas.

Buler estaba encantado de volverme a ver.

Luego vino la elefanta Mercedes y su cría. Mercedes me cogió con la trompa y me subió a su lomo. Su cría hacía sonidos raros con la trompa.

También estaba Eliot, mi querido mono

Eliot. Nos abrazamos y apoyé mi mejilla en su peludo pecho. Al volver a ver a todos aquellos viejos amigos, creo que se me escaparon un par de lágrimas.

—¿Quieres hacer magia esta tarde, August? —preguntó el director.

—Bueno —respondió August.

—Haz algo ahora para nosotros —le insistí yo.

No se lo pensó dos veces. Barajó las cartas más rápido que si pasara las páginas de un libro. Extrajo zanahorias de las orejas de Mercedes. Después sacó una tarta de crema de las mismísimas fauces de Buler...

Se fue reuniendo más y más gente para verlo.

Hizo juegos con bolas y sacó monedas de las orejas de los niños, que habían dejado de llorar. Mi mono estaba sentado sobre la hierba y aplaudía con los pies y las manos, como sólo pueden hacer los monos.

El mago siguió haciendo más y más juegos

y cuando por fin lo dejó, los niños lo rodearon pidiéndole que siguiera.

—Humm —dijo pensando en voz alta—. Se pasa muy bien haciendo magia. Sí, haciendo magia y entreteniendo a la gente se pasa bien.

Ahora sí que ya no era en absoluto invisible. Su perfil estaba perfectamente definido y sus ojos brillaban como pequeñas estrellas. Hasta su frac parecía más elegante, con la capa ondeando al aire. Se atusó el bigote.

—¿Quieres hacer magia esta tarde, August? —volvió a preguntarle el director.

—¡Desde luego! ¡Esta tarde y todas las tardes! —contestó el mago emocionado y feliz.

Todos se alegraron.

—Muchas gracias, querido discípulo —dijo dirigiéndose a mí.

—¿Por qué me das las gracias? —le pregunté.

—Necesitaba a alguien como tú para hacerme comprender que hacer magia sencilla

y normal puede ser muy divertido. Muchas gracias, Max, porque acabo de aprender cuál es la primera y más importante regla de magia.

—¿Cuál es?

—Que el público es lo que importa. Tú mismo lo has dicho. Por cierto, tengo que darte algo. Acompáñame a casa, que debo recoger mis cosas.

Cuando llegamos a su casa, arrancó el cartel de la puerta.

—«Maestro de magos» —leyó burlón—. «Vean por primera vez en el mundo el truco de la cuerda india». ¡Bah, tonterías! Es mejor poder hacer felices a los niños y a sus padres.

Seguidamente entramos.

—¿Quieres quedarte con mis animales, los conejos y las palomas? —me preguntó—. Ya son viejos para hacerlos desaparecer en el hueco de la mano. Se merecen una buena jubilación, descansar y divertirse.

Se aproximó al reloj hipnótico.

—¿Lo quieres? Un mago auténtico como yo no lo necesita. La hipnosis no es un número apropiado para un auténtico veterano del circo, pero para un niño puede ser muy divertida. Lo único que tienes que hacer es evitar mirarlo demasiado tiempo. También puedes llevarte algunas cajas mágicas, bolas y barajas.

Me despedí del mago y emprendí el camino a casa, cargado con los animales y un montón de cosas más. Empezaba a oscurecer. Entonces se oyó el canto de un mirlo.

Cuando iba a pasar por los tilos, me volví y le dije al mago:

—¿Sabes que piensas en voz alta? Deberías tener cuidado con eso, porque a veces no es conveniente. Sobre todo cuando no quieres que alguien te oiga.

—Humm... —murmuró el mago pensando en voz alta—. Max cree que hablo solo y que los demás oyen todo lo que digo. No sabe que lo hago solamente para enseñar a mis discípulos.

No supe qué creer. Me despedí de él.

—¡Hasta la vista! —dije.

—Sí, sí. Hasta la vista.

Cuando llegué a casa, mis padres estaban sentados en el sofá tomando café.

—Max, has estado fuera todo el día. Debes de tener hambre —comentó mi madre.

—No, he comido tarta de crema —dije yo.

—¿Tarta? —se sorprendió mi padre—. ¿Y no nos has invitado?

Era la ocasión de probar con ellos el reloj de hipnotizar. Sería divertido probar a ver si funcionaba. Les dije que miraran al reloj, y al hacerlo sus ojos se agrandaron.

—Ya son las ochenta y ocho y ciento veinte —dijo papá—. Qué pesada siento la cabeza.

—Qué cansada estoy —añadió mamá.

Era divertido verlos. Sus ojos eran grandes como platos. Estaban hipnotizados.

—Ahora veréis —dije, y saqué una baraja de cartas—. La «J» de picas va a saltar y os lanzará una tarta de crema. ¿No os lo creéis?

—¡Qué tontería! —comentaron ellos riendo.

En un abrir y cerrar de ojos empezaron a limpiarse la cara de crema. Es divertidísimo ver a un hipnotizado que cree que tiene la cara llena de tarta, porque realmente no tiene nada.

—Humm..., está bien esto de comer tarta con el café —dijo papá relamiéndose—. Y, además, tiene nueces.

—Primera regla de magia —dije—: busca siempre la «J» de picas.

Llevé los conejos y las palomas a mi habitación y les grité a mis padres:

—¡Cuando hayáis terminado la tarta, podéis chasquear los dedos!

Estaba cansadísimo del ajetreo de todo el día.

Es agotador ser el discípulo de un mago.

Al día siguiente, vi un anuncio en el periódico. Estaba en la sección de natalicios.

NATALICIOS

*

August Johansson
¡La fantasía de la magia,
la felicidad de los niños!
Pronto en las pistas.

¡Ah, esos magos!

Índice

1 *Muere un mago y piensa en voz alta...* 7

2 *Lección número uno: la «J» de picas puede lanzar una tarta de crema...* 23

3 *Lección número dos: desaparece una bola y vuelve a aparecer* 35

4 *Lección número tres: serrar a un niño y unirlo después...* 45

5 *Lección número cuatro: la hipnosis y el arte de despertar de nuevo...* 57

6 *Lección número cinco: la cuerda india...* 67

7 *La «J» de picas salta de nuevo y nace un mago...* 79